KB093339

산책 소설

오은경

산책 소설

오은경

PIN

037

차례

1부 물속에 유리 물고기가 있었다

2부 나는 대체 어디에 와 있는 걸까?

3부 전에 보이지 않던 것들이었다

PIN

037

산책 소설

오은경

시

1부

물속에 유리 물고기가 있었다

흩어진 구름

쪽문을 통과하기 전에 네가 머리를 숙였던가?

계단을 따라 내려가

복도를 지나면

정문이 나 있었다. 유리문이었다. 바깥은 차도였고

너는 맞은편 계단을 올랐다.

계단에 멈춰 선 네 모습이 사라졌다. 머리끝부터 흘러내려

아무것도 남지 않았다.

다 셀 수 없을 만큼 자주 이 건물을 드나들었다. 따로 시간을 확인한 적은 없지만

아침에 와본 기억은 없다. 자정이 되기 전에

떠난 적도 없는 것 같았다. 특별한 약속이나 일정이 생기지 않으면 이곳에 왔다. 오후에

일어났기 때문에 서둘러 채비를 마쳐도 카페에 도착하면

사람이 있었다. 같은 얼굴이 자주 보였는데

나는 일부러 그와 멀리 떨어진 자리에 앉곤 했다. 사람이 없거나 그가 보이지 않을 때면

출입문 쪽으로 고개를 돌려 한 명 한 명을 확인했다. 유리창에는 물결무늬 균열이 생겼고

불투명했다. 구름이 떠 있었다. 누군가가 내 어깨를 잡았다. 차가운 손이었다. 나는 유리창 같았다.

나 혹은 우리가 함께

벨 소리가 끊겼다. 주머니에도 소파 테이블에도 핸드폰은 없었다. 서랍 안이 텅 비었는데도, 거실장은 무거웠다. 혼자 힘으로는 목제 가구를 들어 옮기기 무리였다. 거실장 뒤편과 벽 틈 사이는 좁고 어두웠다. 나는 팔을 뻗어 틈새를 만졌다. 걷어 올린 소매에 먼지가 묻어나왔다. 선물받은 옷인데, 구멍이 생기지 않아 다행이라 여기면서도

섬유가 해질 만큼 소매를 털었다. 보풀이 일었다. 반듯한 햇빛 속에서 먼지가 부유……. 오래되고 낡은 집이라는 인상이 들었다. 마지막 외출이 언제였는지 날짜를 기억할 수 없었다.

네가 보고 싶었다.

*

먼지가 눈처럼 녹아 사라졌다.

눈이 따가워서 혼났다. 천장이 빛났다. 금색 은색 실이 매듭지어 묶여 있었다. 반투명 로프였다. 반투명 로프는 작은 바람에도 흔들렸다. 잔기침이 나왔다. 눈물이 났다.

*

너는 식은땀을 흘렸다. 깊이 잠든 것 같았다. 네가 엎드려 자지 않기를 바랐다. 머리 아래 베개를 넣어주었고 너의 잠꼬대 소리도 들었던 것 같다. 나는 깨금발로 걸어 나가며 방문을 닫았다.

그런데 너는 여기서 무얼 하는 걸까? 한쪽 어깨와 얼굴을 드러낸 채…… 거실장 뒤에 숨으려는 것 같았다. 피하고 싶은 사람이 있는 걸까? 낯선 사람이 아니라면 좋겠다.

이렇게 이상한 빛의 돌기를 키우는 우리 집에 어울리는 사람이면 좋겠다.

래핑 Wrapping

이불이 하얗다 이불이 하얗다 팔을 베고 엎드려 이불처럼 하얀

벽을 바라본다 길게 자란 머리카락이 눈을 찔러

가렵다 하지만

손댈 수가 없다 천장에

매달린 여자가 돌아서며

발을 젓는다 맨발인데도 상처 하나 없이

깨끗하다 여자의 발은 허공에 떠 있다 지워진 얼굴이거나 얼어붙은 시선 같다 원하고 원하던 만남이었으나 시간 계산을 잘못해서

늦어버린 약속처럼 시간을

되돌릴 수가 없다

아리에게서 연락이 안 온 지 6개월째다

나는 고개를 들어 발아래에 있는 창을 내려다본다 나란한 가로등들…… 거기 있는지 없는지조차 몰랐던

가로등에 불이 들어오고 빛의 타래가 이어진다

창밖으로 보이는 밤거리

맞은편 건물과 방 안 창에 비친 내 모습…… 나는 자세를 바꿔 앉는다

텅 빈 이차선 도로 위로

차가 달리는 것 같다 지금 환청을 듣고 있는 것 같다

양팔 양다리를 넓게 벌린 여자가

천장에 붙박여 있다 천장에 매달려

침대를 내려다보지만 내 쪽에서는 침대 위에 무엇이 놓여 있는지 잘 보이지 않는다 여자는 다른 방

향으로 고개를 돌리지 못한다

회색 현관문

닫힌 철문

사각의 문이 침대를 닫는다 우리 집 분위기가 이상하다 정말

……

정말 모르긴 몰라도 현관문을 열면

현관문이 닫힌다 목적지 없는 외출 나아간다는 거짓 믿음 속에서 복도가 걷는다 복도를 걷는다

꽃샘추위

건물에서 나갈까? 어두운 물이다
나는 모퉁이를 돌아 물기를 따라간다
계단이 나온다
계단을 내려가면 언젠가 발을 잘못 디뎌 넘어졌던 기억이 떠오른다 아니, 사실
넘어진 건 내가 아니라 친구였다 친구의 무릎을 덮은 치마에는
주름이 많았다 플레어스커트였다

다가가 친구에게 손 내밀었을 때
친구는 사람이 더 필요하다고
내 손을 쳐냈다
친구의 치마를 밟고 있었다 나는 붉은 원단에 찍힌 발자국을 보며 뒷걸음질 쳤다 발자국이 끊이지 않았다 벽이 없었으므로

나는 계속 걸었다 친구의 형체가 작아 실루엣만 남은 것 같았다 개나리와

진달래는 봄에 피는 식물이었지 시간 가는 것도

계절이 바뀐 것도 모르고 있었다 나는 두꺼운 옷차림이었다 목도리를 풀었다 목도리가 바닥에 끌리면

목도리를 두르고 떠날까? 망설이기도 했다 너의 눈에도 내가

보였을까? 나는 네가 허상이라고만 생각했다 아무도 너에 대해

말을 꺼내지 않았으니까

많은 친구를 새로 사귀었다 친구들과 메시지를 주고받느라 수업에

집중하지 못했다

창밖 벚꽃 잎이 다 떨어져도

흰빛이 무너지지 않았다

나는 교실 바깥에서 벌을 서고 있었다 복도에는

나뿐이었다

너의 부분
—울타리를 넘어서

실이 빠져나왔다 나는 당황해 옆구리를
움켜쥐었다 통증이 느껴진 것도 피가 난 것도 아니었다 동시에 두 가지를 생각해야 했다 언젠가 전에도 이런 일이 있었는지 기억을 더듬어보았고
입고 있던 옷을 확인했다 과연 노란색 셔츠와 비닐 소재의 외투가 선명했다 옷자락이 잡혔다
허리를 숙였다 한손은 왼쪽 옆구리에 다른 손은 심장 쪽에 가 있었다 통증을 호소하는 모양새였다 (다시 말하지만 고통은 없었다
실이 빠져나왔고 감추려 노력했을 뿐) 실이 사라진 거라 믿고 싶었지만
무성한 수풀 속이었다 관목
앞에서 …… 관목에
많은 양의 실을 쏟았다 가슴이 새하얗게 물들고 실뭉치가 넘쳐흘렀다 실이 뒤엉켜

발이 묶였다 (빙판 위에 선 것처럼

다리를 저었다 이 말은 내가 스케이트를 신고 있지 않다기보다

나아가고 있지 않음을 뜻한다 자전거를 떠올려 보라 페달을 밟아야 넘어지지 않을 수 있다) 핏기 없이 창백한

얼굴이 언덕을 넘어서 왔다 긴장이 풀리고 나는 다 녹아내릴 것만 같았다

카무플라주Camouflage

물속에 유리 물고기가 있었다

유리 물고기들이 비닐봉지 속에 살아 숨 쉬었다 유리 물고기는 글래스캣피시라는 열대어의 한 종이었고 언젠가 내가 보았던 수조의 열대어와 같은 이동과 정지를 반복했다 수족관의 열대어들이 형성하던 하나의 물결, 입체적 군집과 달리 친구의 반려생물이던 베타는 한 마리뿐이었다 나는 베타가 사는 어항이라면 실제 크기가 어떻든 비좁다는 인상을 지울 수 없는데 늘 짙은 색채와 주름이 원인이었던 것 같다 친구는 투명한 어항 앞에서 베타를 마주보며

(지느러미를 부풀린 베타가 얼마만큼 커질 수 있는지

대적하는 자세를 내게 설명해주었고

놀이의 중요함을 거듭 강조했다) 베타가 자는 게 아니라고 했다 한참을 기다려도 베타는 미동이 없었다

흙,

흙이 내 눈에 들어간 게 아니라면

(흙이 내면을 잠식했다거나 몸의 반 이상을 차지하고 있을 가능성도 고려해야 할까?)

비닐봉지가 진흙으로 채워져 있었다

하지만 나는 한눈을 팔았던 적도

자리를 비웠던 적도 없다 너는 차라리 벽을 닮은 듯했다 어둠이 확장되고

비늘을 주워 네게 덮었다

모서리 없이 넓은

창의 존재를 잊지 마, 네 앞에만 서면

나는 몸이 배배 꼬여 덩굴 같았다

어지러운 마음

발자국이 건물 같다면 발자국이라 할 수 없다.

발자국은 여러 개다. 누구의 발자국인지 구분할 수 없을뿐더러 어디가 끝인지, 마지막인지 알기 어렵다.

발자국들을 못 본 척 지나치기란 불가능에 가깝다. 창과 마주 보는 소파의 배치 탓인지

나뭇잎이 쏟아지는 풍경, 마룻바닥에 드리운 빛의 부드러운 자국도 볼 수 있다. 사과 조각과 오렌지 반쪽이 사기 접시 위에 남아 있다. 포크를

내려놓는다. 엄마가 깎아서 가져다준 과일이다. 나는 과일을 즐겨 먹지 않는다. 자주 남긴다. 인터넷으로 장을 보면

식재료를 대부분 버린다. 냉장고가 오래된 탓인가? 음식물이 빨리 상한다. 처음에 엄마는 냉장고가 고장 났다는 내 말을 믿어주지 않았다.

지금은 고요하다. 시계 초침 소리만 째깍

째깍인다. 나뭇잎 여러 장이 흘러내린다.

커튼 같다. 나뭇잎이 무성하다. 나뭇가지가 휘어져 있다. 잔가지가 복잡하게 얽혀 있다. 점점이 박힌 나뭇잎이

창문을 물들인다. 가시들, 날카롭게 잘린 가지들이 바닥에 흩어져 있다. 나는 소파 아래에 내려둔 발을 움직인다.

멀리 조성된 조경 어딘가에는 내 작은 묘목도 자라나고 있을 것이다. 집 안에 따뜻한 빛이 감돈다. 창이 넓다고 생각했다.

그때는

천사가 움직이려면

기둥이 필요하다 몸을 숨길 공간이 있어야 한다 창은 넓지 않아도 좋다

천사는 한쪽 어깨와 얼굴을 드러낸 채 우리를 훔쳐봤을 것이다 네게 집중하느라

나는 고개를 돌릴 틈이 없었다 천사가 질투했을 것이다 천사를 보지 못하고

건물에서 나왔다 공간은 사면이 유리로 되어 있었다 입방체였다 실내에

불빛이 쏟아졌다

나는 처음부터 네가 없었던 건 아닌지 불안했다 좀 전까지 머물던

장소가 아닌 것 같았다 큐브처럼 작아진 공간이었다

대리석 조각이 있었다

마을에서 하나뿐인 분수는 광장에 자리해 있다 인파 속에서

너를 찾아야 한다 네가 있어야 끝나는

게임이다 너를 데려갈 것이다 네가 누군지 아무도 모른다는 것이

이곳의 유일한 규칙이며 내게는 너를 지정할 능력과 자유가 있다 사람들

틈에서 서로 다른 차이를 분간하고 식별해내 너를

가질 것이다 어둠의 가장자리로 나는 존재해

네 곁을 떠나지 않을 것이다 시간이 오래 지나 네가 평소와 다를 바 없이

순연한 눈빛일 때

내게는 너밖에 보이지 않는다

순간의 지나침

걷다 보니 목적지가 바뀌었다.

길 건너에 추어탕 가게가 있었다. 선릉의 돌담길에는 반려견과 산책 나온 주민들이 많았다. 설렁탕을 먹으며 이모에게 창밖 강아지 두 마리를 가리켰다. 한 마리는 시바견이었고 다른 강아지의 견종은 알 수 없었다. 둘은 서로 싸우는 것 같기도 장난치는 것 같기도 했다. 목줄의 색상이 같았는데 보호자는 달랐다. 강아지들은 앞서거니 뒤서거니 하며 돌담을 지나갔다.

맞은편에서 시바견과 보호자가 다가왔다. 좀 전에 보았던 강아지와 동일한 것 같았지만 동행이라 여겼던 다른 녀석이 곁에 없었다. 이모는 이곳 동네로 이사 오기 전 키우던 강아지가 푸들이라고 했다. 막내 이모가 대신 맡아 키우게 된 강아지였다. 나는 강아지의 생김새가 무척 궁금했으나 사진이 저장된 이모의 핸드폰이 고장 나서 푸들의 특징—다리가 길고 털이 곱슬거리고 영리한—을 통해 이미지를 어렴풋하게만 떠올릴 뿐이었다. 돌담길을 걷는 내내 푸들과 웰시코기, 몰티즈 등 여러 강아지가 스쳐 지나갔다. 이 길을 내려왔을 때는 어째서 추어탕 가게를 발견 못 했는지 의아했다. 시바견 뒤에는 내가 상상하던 푸들 한 마리가 멈춰 서 있었다. 보호자와 함께 신호를 기다리는 듯했다.

이모와 사방이 유리로 된 카페에 들어왔다. 막상 들어와 보니 바깥에서 보던 것만큼 자리가 넓거나 시설이 좋지 않았다. 사람이 많아 카페에 남은 자리가 없었다. 이미 커피 두 잔을 주문한 뒤였다. 이모가 테이블 사이사이를 돌아다녔다.

2부

나는 대체 어디에 와 있는 걸까?

수많은 오해를 통해

걸을 때마다 햇빛이 잘렸다

억새를 쥐었더니 손안에 상처가 남았다 오래 방치된 땅이었다 너는 움푹 팬 자리에 앉아 밭을 바라봤다 이제는 희미해져 기억에서 흐릿해졌지만

익숙한 멜로디가 흘러들었다 수풀이 이리저리 뒤엉켰다 멀지 않은 공간에 빈터가 나올 것이었다

수풀은 은닉을 시도하지 않았다

길이 이어졌다 아무리 헤쳐도 끝나지 않는 풀밭이었다 팔다리가 무겁게 느껴졌다 멈춰 선 탓이었다 내가 언제 발각되더라도 이상하지 않았다

너는 기억에 남기를 바랐거나…… 지워지지 않는다는 것을 알았을 것이다 밤이 무섭지 않았다 나라는 존재가 가장 무서울 것 같았다

유실물

집으로 돌아와 책을 먼저 치웠다. 내가 쓴 책이었다. 늘 갖고 다니다가 중요한 순간이라 놓고 온 건 아니었고

한밤중에 전화가 왔을 때는 어떤 상황인지 미처 사태를 파악할 겨를이 없었다. 며칠 전 나는 핸드폰을 분실했다. 새로 산 핸드폰에 걸려오는 전화는 대부분 낯선 번호였고

나는 상대에게 이름을 묻지 않았다. 이모는 자신이 병원에 입원해 있다며 수술을 받기 위해서는 내가 있어야 한다고 했다. 하루 이틀 일찍 와서 쉬라고 했는데

병원에서 어떻게 쉴 수 있지? 내 물음에 이모는 며칠 시간을 비울 수 있는지 반문했다. 나는 대답을 얼버무렸다. 집 밖을 나가려면 옷을 갈아입어야 하는데 옷이 산더미처럼 쌓여 있었다. 정리를 시도하

지 않았던 건 아니다.

한 손에 들고 있던 커피를 쏟은 다음 정말이지 저주에 걸렸다고 생각했다. 물을 따르듯이 컵을 180도 기울였다. 옷 더미뿐만 아니라 입고 있던 잠옷에도 커피가 튀고 말았다.

이모에게 같은 이야기를 몇 번이나 되풀이해 사정을 설명해야 했는지 모른다. 이모는 밤이니까 얼룩이 보이지 않는다며 얼른 서두르라고 했다.

병실은 병원 8층에 있었다. 이모는 잠들어 있었는데 병실 문을 열어둬 다행이었다. 다음 날 두 명의 간호사가 이모를 부축해 나갔다. 내가 이모를 너무 늦게 깨웠던 탓이다. 이모는 병실 침대에 누워 돌아왔다.

재방송 채널

등을 둥글게 만다. 침대에 누워 이불을 끌어안는다. 불 꺼진 티브이 화면에 내가 비친다. 짙은 실루엣이다. 책장 가득 책이 채워져 있고, 다 꽂지 못한 책들이 천장까지 쌓여 있다. 펜던트 등을 고정한 나사의 연결이 헐거운 것 같다…….

전등이 추락할까봐 겁난다. 전등불을 켠다. 침대의 위치를 바꿀 공간이 턱없이 부족하다(침대를 옮기더라도 아침에 움직여야 한다. 이웃의 잠을 깨워선 안 된다).

눈이 부시다. 눈이 부셔서 눈을 깜빡인다. 검지로 눈을 비빈다. 이불이 흘러내린다. 이불이 이불 아닌 듯(침대보다 사이즈가 크거나 침대 위에 애매하게 걸쳐 있거나 아니면 침대 프레임을 실패 삼아 무한 재생된다) 나를 덮고 있다.

내가 일어났는데도 말이다. 나는 침대 아래로 내

려온다. 너는 흰 벽에 등을 기대고 있다. 여러 목소리들이 겹친다. 네가 티브이를 켠 것이다. 이불 속 깊이 리모컨을 숨기고 있다. 너는 무릎을 감싸 안는다. 너의 목소리를 꺼내고 싶다.

(너는 이불이다. 살아 숨 쉰다. 이불이 구겨진다. 점점 거대해진다. 너는 키가 크다. 천장에 머리를 찧는다. 두 팔을 양옆으로 뻗는다. 벽을 다 덮을 기세다……) 이불 위에 리모컨이 떨어져 있다.

(가수가 노래하고 객석에 앉은 청중은 환호한다. 원반의 무대가 회전한다. 카메라가 팀원 한 명 한 명씩을 비춘다. 의상에 달린 비즈 장식이 화려하다. 다시 새로운 얼굴이 무대를 차지한다. 마이크를 입가에 댄다.)

몇 시간째 음악 프로그램을 시청 중이다. 동이 텄는데도 잠들지 못한다.

산책 소설

1

벤치를 지나 걷는다. 또 다른 벤치가 나온다. 내 또래 여자애가 앉아 있다. 여자애는 양쪽 다리를 교차하며 발을 젓는다. 벤치 위에 두 손을 나란히 걸치고 발을 굴린다. 흙이 튄다. 모래가 쌓여갈수록 내 무릎 부근까지 차오른 그림자가 짙어진다.

색 바랜 보도블록에는 물기가 맺혀 있다. 외벽이 유리로 되어 빛에 반사되는 건물은 낮은 지대 위에 속한다. 먹구름 낀 광장인데도 자전거를 타는 사람들이 있다. 비둘기들이 모이를 쪼아대는 광경은 동상 주위에서 볼 수 있는 흔한 풍경이다.

여자애는 내 어깨에 머리가 닿을 만큼 키가 작다.

길게 기른 머리카락이 여자애의 얼굴을 다 덮고 있다. 여자애가 나를 앞장서 간다. 여름용 리넨 셔츠가 펄럭인다. 아이는 한쪽 어깨에 멘 숄더백을 굳게 쥔다. 손이 미끄러질 만큼 숄더백이 세게 흔들린다.

여자애는 멀리 가지 못했을 것이다. 회양목 곁으로 녹음이 우거져 있다. 활엽수림이다. 수풀 사이사이를 헤치면 빈터가 나온다. 풀숲이다. 나를 스쳐 지나간 형상이 있다. 흰 천이 창공에 걸려 빛들에 찔린다.

2

여기까지가 상담 내용을 바탕으로 내가 쓴 소설이다.

나는 비록 여자애의 과거를 모르고, 생각을 추적할 수도 없지만

다른 이야기는 함께 시간을 보내며 차츰 써나가면 되는 일이다. 날을 샜더니 피곤하다.

사무실의 가죽 소파는 지나치게 딱딱하고 한숨 자기에도 불편하다.

3

사각의 테이블에는 물 한 컵이 놓여 있다. 햇빛이 쏟아진다.

나는 대체 어디에 와 있는 걸까?

강아지의 이름은

땅굴을 파는 몰티즈처럼

하양이 물들 때

……

나뭇잎이 휘날린다 눈앞에서

나뭇잎은 낙엽이고 낙엽은 단풍나무에서 떨어져 내린다 낙엽이 쌓이려면 계절은 가을이어야 하고

장소는 공터쯤으로 유추된다 나는 촉촉하고 말랑한 코를 가진 강아지가

하얗다는 것 말곤 아는 게 없다 내 앞의 몰티즈는 비숑이나 스피츠일 수도 심지어 개가 아닐 수도 있다 나는 전에도 강아지로부터 기분 좋은 습격을 받은 경험이 있다

이 상황을 아울러 개의 습격이라 명명하겠다 멍멍! 방금 전 외침은 현실이 아니라 내 마음속 소리이다 나는 내면에 귀를 기울인다

차가운 코…… 얼굴에 닿는다 주둥이가

뾰족하다 개의 눈은 두 개

입은 턱 끝에 위치해 있다 거리가 멀면 뭐든 검고 깊어지기 마련이다 음영이 생긴다

그림자를 통해 사물과 사람의 정체를 알아맞힐 수도 있다 그림자를 실체라 오해할 수도 있다 그림자와 실체 사이에는 차이가 있지만

우열을 가릴 순 없다 나는 빛과 어둠에 대해 다음과 같이 정의한다 아무것도 아니기 때문에

때로는 모든 것이 될 수 있다고……

사랑하기

다가가는 것과 다가오는 것 사이는 낙차가 크다.

목적지를 정해야 했다. 오후 세 시에 가까운 시간이었다.

해가 긴 날들이 이어졌다.

광장 끝에는 적색 건물이 모여 있었다. 나는 테라스가 있는 점포 한 곳을 가리켰다.

네가 간판을 읽는 동안
사람들은 건물 내부에서 식사를 하고 있었다.
흰 셔츠에 검은색 조끼를 차려입은 웨이터가 바쁘게 오갔다. (쟁반 위의 요리는 근사했다. 실로 대단했다. 쟁반은 비어 있다가도 곧바로 채워졌다.

실내는 비좁아서 한 사람씩 이동해야 했다. 그들은 끊임없이 먹고 마셨다. 식탁보에 놓인 접시와 쌓여가는 껍질들, 파헤쳐진 갑각류

냄새처럼 밴 얼룩뿐 아니라 불쾌한 표정까지 서로 닮아 있었다.)

우리들을 신경 쓰지 않는 듯했다. (사람들은 동석한 일행에게도 관심을 두지 않았다. 안쪽에는 더 많은 테이블이 줄지어 있었다.) 창이 캄캄했다.

너는 레스토랑이 영업을 하지 않는다고 생각했을 것이다.

가로등, 전봇대, 비틀린 가로수가 길 한복판에 세워져 있었다.

(우리는 점심을 굶었고 끝끝내 점심을 먹지 못했다. 바로 적당한 식당을 찾지 못했기 때문.) 해가 다 저물었다. 개미 한 마리 눈에 띄지 않을 만큼 거리는 황량했다. 나는 시를 완성하지 못했지만 노트북을 닫았다. 네가 옆에서 기다렸다.

직거래 중고장터

어쩌면 내가 찾으러 가는 물건은
물건이 아닌지도 모른다.

빨간 우체통과
가득 찬 쓰레기 봉지 속을 바쁘게 넘나들던 쥐가 가고
나는 달린다. 광역버스를 타기 위해서이다. 연석 위에 작은 쥐 한 마리가 멈춰 있다. 문이 닫히고 버스가 떠난다. 쥐 한 마리 때문에
아깝게 버스를 놓친 것이다.
배차 간격이 긴 광역버스를 다시 기다려야 할지 도보로 10분 떨어진 거리를 이동해 전철을 탈지 택시를 잡아야 좋을지 모르겠다. 이대로 시간을 지체하다가는 쥐가 올지도 모르는데
움직이지 못하겠다.

긴 꼬리 긴 수염 회백색

쥐가 공중으로 떠오르기 시작한다. 곁에는 비닐 봉지가 나뒹군다. 낙엽과 뒤섞인다. 바람이 분다. 거리 곳곳에 세워진 차들은 밤하늘에 묻힌 것 같고

순식간에 불어난 인파는 쥐의 공중부양을 지켜본다. 손짓해 하늘을 가리킨다. 나는 까치발을 든다. 뒤로 더 뒤로

나는 밀려나지만 광장은 넓다.

쥐는 풍선 같다. 꼬리를 잡아당기고 싶다. 별이 반짝인다. 유성우가 쏟아지고 난 다음에도

하늘은 반짝인다. 나는 담벼락을 짚고

토한다. 보도블록 위에는 쥐가 납작 달라붙어 있다. 맑고 청명한 공기를 들이마신다. 벌써 아침이다. 너는 약속 장소에 나타나지 않는다.

멀고도 가까운

어깨가 무겁다

양쪽 어깨에 멘 가방끈을 쥔다

겨우 몇 권의 책일 뿐인데 제목을 열거하기 어려울 정도로 바쁘게 책을 챙겼다 내가 다녀간 흔적이 남지 않도록 방을 살폈다 책이 여기저기 흩어져 있었고

책상 위에는 화병이 보였다 그 안에 담긴 연갈색 나뭇가지가

구부러져 있었다 흔들린다 여기고

화병을 손에 쥐었다 화병은

물이 넘치지도 깨지지도 않았다 하지만 양말이 다 젖었다 발이 차고 축축했다 바지를 걷었다 발목이 드러났다 양말을 벗을까 망설일 때

웅덩이가 사라지고 없었다

낙엽 더미처럼

쌓여 있는 양말만 수십 켤레였다 검거나 좀 더 검을 뿐인 양말이

뒤섞여 있었다 — 양말은 눈에 띄지 않았을 뿐

분명 존재했다 — 다만 더미가 발견된 위치보다 내가 와 있는 장소에 놀랐다 이렇게 멀리 왔다는 게 신기했다

낯설음은 장소가 아니라 대상에서 비롯된 건지도 몰랐다 진흙 같은 (눈 더미가 폐기름에 덮인 장면을 상상할 수 있을 것이다) 양말들, 더미에 다다를 수 없어

다가갔는데 다가간다는 사실을 알릴 방법이 부재했다

과연 이동한다고 할 수 있을까?

이유도 목적도 불분명하다면 — 오래전 그 집이 기

억에 선명하다 현관문을 열었을 때 맡았던 장판 냄새, 형용할 수 없다 — 나는 나를 제어하고 싶었으나

이런 마음은 숨기는 편이 좋았다

잠깐 멈춤

베란다로 향하는 문을 열자

베란다가 나온다 나는 문턱에 기대앉아 난간을 바라본다 아지랑이 같은

실이 공중을 떠다닌다 베란다에는 천장이 없고

하늘에도 천장은 없다 실은 끈이 될 수 없다 끈이라면

위아래가 구분되어 있거나 가려진 부분이 있어야 한다

보이는 부분보다 보이지 않는 부분이 중요하다 끈을 감춘 기관이 필요하다

천장과 바닥이 다른 것처럼

나는 둘이 될 수 없다 말하는

나는 생각하지 않으며

보이지 않는다고

네가 집에 없는 것은 아니다

우리가 처음 만났던 순간처럼

계속되던 소음이 멎어버렸다; 정적이 찾아왔다

가재도구 뒤적이는 소리 사람들 말소리 대신

음음음 나 혼자 콧노래를 부른다

깃발이 공중에 묶여 있다(거의 난간과 하나라고 봐도 무방함)

+

아무리 당겨도 열리지 않는 문이다 여기서 더 나갈 수는 없다 난간에 몸을 기댄다

3부

전에 보이지 않던 것들이었다

더하기

참새 한 마리 참새가 쓰러져 있다 참새는 죽은 듯
움직이지 않는다 너는 참새 든 손을 보이며 (나는
이게 다 어떻게 된 일인지 묻고 싶지만
꾹 참는다 적막을 깨트릴 것 같다 애도를 방해하
고 싶지 않다 지평선 너머 날아온 매가
공중을 활공하고 절벽 가까이 다다른다 매 떼는
흩어져 맴돈다 불가해한 별자리 같다 매들의 서식
지이다 오늘 아침, 빨래가 바람에 날리고 있었을 때
나는 달려가 베란다 난간에 상체를 기댔다 허공
을 더듬었다 너는 오솔길 한복판에서 걸음을 멈췄
다 수건에 덮였다
너는 형체 지워져……) 내게 죽은 새를 맡기려는
것 같다
진흙을 뒤집어쓴 새들이 모여 있다 종류를 구분
할 수 없다 조약돌 같다 깃털을 빛내며 묶여 있다

새들은 날지 못한다

너는 허리 숙여

두 다리를 넓게 벌린다 참새를 놓아주려는 것처럼 손 내밀지만

참새는 떨어지지 않고 매달려 있다 (너는 불편한 자세로 흔들리는데

어째서 일어나지 않는 걸까 뭔가가 단단히 잘못된 건 아닐까? 기름에 섞인 듯 녹음이 우거지고

쌍떡잎이 피어오른다 엎질러진 자국 되어…… 나는 어디로든 갈 수 있다…… 목적지를 선택할 수도 있었다)

까치집처럼 엉망이 된 네 머리를 만진다 정수리를 쓰다듬는다

+

(나는 운송된다 들것에 실린다 힘을 쓸 새도 저항할 겨를도 없이 나아간다) 밤, 밤이라는 휘장과 가장

불을 밝힌 양초는 눈부시지 않다 반사판이 켜져 있다

거울은 어둠을 비춘다 거울을 받쳐 든 장정 두셋쯤의 곁을 지나

나는 촬영 현장에서 벗어난다

유실물

보호자 신분으로 병원을 다녀왔다. 대기실에 앉아 의사를 기다렸다. 의사는 이모의 자궁에서 떼어 낸 혹을 내게 보여줬다.

수술실에 있는 이모는 아직 마취에서 깨어나지 못했다고 했다. 언제쯤 도착하냐는 네 질문에 나는 가고 있다고 대답했다. 통화를 마치며 아파트 단지 쪽문을 넘었다. 울퉁불퉁한 비포장도로가 나왔다. 주머니 가득 무겁고 뭉툭한 것이 만져졌다. 꺼내 보니 흰 돌이었다. 흙 위에 흰 돌이 쌓였다. 주머니를 비웠다.

주유소에서 키우던 백구가 짖지 않았다. 어렸을 때 나는 이 근처 어딘가에 눈사람을 세워뒀다. 눈이 잘 뭉치지 않았던 것으로 기억한다. 그해 겨울처럼 공터에는 풀 한 포기 자라지 않았다. 구겨 신은 운동화를 질질 끌며 사람 한 명이 차도를 건너왔다.

먼 거리도 아니고 차도 한 대 다니지 않는데 걸음이 더뎠다. 야구 모자를 눌러쓴 얼굴에 그늘이 드리워 있었다.

흙 속에 낡은 운동화 한 짝이 박혀 있었다. 어디야? 너의 목소리가 허공에 울리고 나는 계속 돌무덤을 팠다.

장미 나무와 햄스터

돌아가기로 했다 우리 집은 A동으로, 아파트는
A–B동이 서로 면하고 있다 단지 안은 그늘이 가득
하다 원뿔 모양의 빛이 내 앞에 가로놓여 있고

어둠이 쓰러져 있다 화단의 들풀과 장미 꽃잎을
쓸어 넘기며 바람이 이동한다 B동 7–8라인을 지나
면 후문이 나온다 철제 대문이 보일 것이다 시멘트

담 바깥은 놀이터이다 놀이터에서 나는 오래전,
체온이 닿으면 머리색이 바뀌는 인형을 잃어버렸다
노을빛이 짙었던 기억이 난다 어렸을 때까지만 해
도 통금 시간이 있었다 해가 지기 전까지 귀가해야
했다

흙과 모래로 범벅된 나를 보고

엄마 아빠는 놀라지 않으셨다 겁먹었던 것과는 다
르게 선물받은 인형을 잃어버린 것이 혼날 사유가
되지 않았다 하지만 지금은 상황이 다르다 집에는

부모님이 안 계신다 또 나는 햄스터를 케이지에 넣어주려는 것이지 잃어버렸거나 유기하려는 목적을 갖고 있지 않다

아파트 단지에서 나가려던 이유도 햄스터 때문이었다 소름처럼 내 몸 구석구석을 돌아다니던 햄스터를 어떻게 해야 좋을지 몰랐다 아파트 단지만 벗어나면 된다고 생각하다가

작고 물컹한 생명체가 팔과 쇄골, 어깨를 넘나드는데

손이 부족하다고 느꼈다 손이 모자란 만큼 더 빨리 손을 움직여 햄스터를 막아야 한다고, 길 아닌 길을 만들고 바쁘게 걸었다 햄스터에 비해 나는 너무 느렸다 오늘은 여기까지만

햄스터가 없는 내일은 더 멀리 갈 수 있을 거다

조개껍데기 가면

너는 두 사람 같다. 달려가 흰 셔츠를 펄럭일 때 다른 사람과 가까워지고

남은 사람은, 존재감이 희미해진, 나만큼이나 우두커니 서 있는, 사람이 아닐 수도 있지만 하얀

셔츠라거나 셔츠가 아닌 나무, 원자재로서의 나무가 아니라(나는 나무에 대해 활용법과 가능성을 말하려는 게 아니다, 나무는 나무가 아니어도 된다, 나무라고 한다면 나무는 그 용도를, 무한한 가능성을 수반할 텐데, 앞서 말한 나무는 나의 편견이자 고정관념으로 잘못 나온 말실수에 지나지 않는다) 나무의 보이지 않음, 멀어지는 네게는 안중에도 없을 네 뒤의 사람, 내가 아닌데도 자꾸만 나라고 이입하게 되는, 그러므로 너의 마음속에는 내가 없고, 나는 너 아니면

아무것도 관심 없는데, 네게서 눈을 떼기 어려운

데, 너를 놓칠까봐 겁나는데, 어째서 너는 내가 아닐까(네 앞에 있던 사람이 사라졌으며…… 그렇다면 내가 목격한 자는 어디로 가버렸나)? 너는 혼자 흰 셔츠를 펄럭이면서 무얼 하는 걸까?

내가 너에게 갈 수 없는 까닭은 너를 잃어버릴까 두려워서이다. 다른 아까운 것이 있거나(이 집을 예로 들 수 있지만 나는 집이 아쉬울 수 없다; 집이야말로 오래되고 튼튼해서 무너지거나 사라질 위험이 없다, 소실될 위험 없음) 너와 비교했을 때 다른 것이 상대적으로 우월해서가 아니다. 바깥에는 바람이 불고, 심지어는 바람이 거세다. 네가 날아가버릴 것 같다. 네게서 눈을 떼지 않으려는 내 마음과는 다르게 나와 네 사이는 너무 멀다, 멀어서 집을 짓고, 페인트칠을 하고 계단을 쌓고, 나는 갇혀버렸다.

스스로를 가둔 것도, 자신을 감금하기 위해 집에

온 것도 아니다(정말 그렇게 여겼다면 벌써 집 밖을 나갔겠지). 너는 새하얗고 잿빛 동상 같다. 직사광선을 받아 얼굴이 창백하다. 눈부시다.

베일Veil

아무도 나오지 않았다 어디 갔을까? 분명 손을 본 것도 같았는데

시멘트 벽이 종이 같았다, 벽이 얇아서 문이 생겨나고

손이 사라져 (나는 네가 아니므로, 내가 없는 게 아니라 네가

없으므로 너와 나는 다르다) 나는 문이

제대로 닫히지 않은 것을 확인했다 (반대로 문틈 사이가

벌어지고 있었다 문의 무게를 확인해보고 싶었다) 다가가

현관 앞에 섰다

커튼이 나풀거렸다 시폰 소재의 레이스 커튼이었다 가벼운 커튼은 아무도 없는 방을 연상하게 했다

방이 하나뿐인 집 안에

누군가가 숨을 공간은 없는 것 같았다

(낯선 공간에 들어가기 겁났는데, 움직여야 할 이유도 사라졌다)

다락으로 향할 계단도 화장실도 없었다

•

힘주지 않으면 열리지 않을 정도로 무거운 철문이었다 문은 저절로 닫혔지만

잠그지 않으면 잠기지 않았다

•

커튼 뒤로 실루엣이 비쳤다

트랩 Trap

내가 벗어나려 하기 때문이라고……

나는 세뇌되었다 애초에 떠나거나 이동하려는 목적이

발단이었던 것 같다 공간이 생겨나고

나의 행방이 묘연해졌다 따라서 이 글은 탈출 수기로 분류될 수 있지만 아직까지 벽은 걷히지도 무너지지도 않았다

다가온 네가 나를 45도 각도로 돌려 세웠다 어깨를 붙잡은 손이

언제 내려갔는지는 모르겠다 계속 남의 어깨에 손을 올리고 있는 건

어색한 일이고 무엇보다 네 모습이 정면에서 보이지 않는다 너는 나를 방패 삼아 숨은 걸까?

어쩐지 소금 기둥이 된 기분이었다

너는 나를 놀라게 하려다 내가 인기척을 느끼지

못한다는 사실을 깨닫고

내 몸을 돌려세웠는지도 모른다

나는 뒤를 돌아보지 않는 사람이 되었다 계기를 찾으려는데

계기보다는 용기, 용기보다는 한 번의 선택이 해결책이다

너는 나보다 이 공간에 대해 잘 파악하는 상황 아닌가, 두려움의 실체는 장소가 아니라 너라는 대상인 것이 밝혀진다

나는 네게 통제되고 있다고 느낀다 흰 블라우스가 나를 저지하는 벽의 일종이라고

날카로워진다

빗소리

어제는 현수와 만났다

우리가 재회한 건 현수가 지수로 이름을 바꾼 뒤 처음이다

내가 개명한 뒤 두 번째 만남이다

현수는 아직까지 예전 이름대로 나를 미미라 부른다 사거리를 건너며

미미야! 외치는 소리 아니었다면

나는 현수를 알아보지 못했을 거다 근황을 듣지 못했을 테고

이사를 갔다는 사실도 — 망원에서 망원으로, 마포구청역에 가까워졌다고 한다 — 현수에서

지수로 이름을 개명한 것도 — 자세한 이유는 모르겠지만 못 본 사이 마음고생이 심했던 것 같다

함께 아카데미를 다녔을 당시만 해도 현수가 이렇게 비를 맞고

돌아다닐 사람이라는 것을 상상하지 못했다 — 갑자기

비가 내렸고 비를 피해야 했다 나는 집에 돌아갈지 아니면 가까운 카페로 가 대화를 이어갈지

고민했다 우리는 포플러나무 아래에서 (푸른 잎이 빽빽해서 빈틈을 찾을 수 없었다

비를 피할 수 있었다) 무섭게 떨어지는 비를 바라보는데

목소리가 나오지 않았다

케이지Cage

사진 속 나는 졸린 얼굴을 하고 있었다. 눈에 피곤한 기색이 역력했다.

사진은 잠들기 직전 얼굴이었다. 나는 긴 강을 마주보고 앉아

네 어깨에 머리를 기댔다. 아열대기후에서 자라난 수풀이 이곳에 있고

미래에도 변하지 않을 풍경이겠구나, 그런 생각을 하며

하노이의 어느 공원을 배회했던 것 같다.

돌 벤치가 여럿이었다. 무릎을 베고 누운 사람과 연인의 잠을 깨우지 않으려는 상대의 기다림이

기억에 남는다.

모두 다 지난 이야기이지만

산책로가 나 있었다.

잠긴 철문을 발견했는데

공작새의 우리였다. 작은 새들이 날아와 지저귀었다. 왜 아치형 새장을 만드는 걸까?

혼자 집 앞을 나와 걷는다. 늦은 시간이라 거리가 비어 있다.

작년 봄에 많은 곳을 다녀왔다. 베트남은 처음 가봤다. 네가 옆에 있어 다행이었다.

밤에도 멀리 외출할 수 있었다.

강아지의 이름은

벌판은 여름이었다. 타고 남은 장작이 그을음을 만들었다. 벼가 익어갔다. 목제 기둥에 어깨를 기대자 팔뚝에 오스스 소름이 돋았다. 팔꿈치 안쪽에 물이 묻어 있었다. 날갯짓 소리가 귓가에 울렸다. 말벌 한 마리가 가까이 날았다. 피할 새도 없이

나는 의자에서 넘어졌다. 가죽 의자였다. 등받이가 검게 물들었다. 땀이나 물을 잔뜩 머금은 것 같았다. 말벌은 사라졌다. 하지만 언제고 다시 나타날 것이었다…….

미풍이 불어왔다.

열린 현관문 안에 수지가 비쳤다. 수지는 선풍기 바람을 쐬고 있었다. 검고 풍성한 머리카락이 휘날렸다.

머리를 기르는 특별한 이유가 있을까? 꼭 물어봐야지. 어제처럼 내 이야기만 하지 말고 수지의 목소리를 좀 더 들어야겠다. 선물할 만한 물건이 있을까? 수지의 취향이 마땅히 생각나지 않았다.

현관에 쌓인 택배 박스가 움직였다. 수지네 강아지가 코로 박스를 젖히며 달려왔다. 금발의 곱슬곱슬한 털이 내 품에 안겼다. 강아지가 얼굴을 계속 핥았다. 눈이 아주 까맣고 귀여웠다.

너의 뒤에서

너는 하수구를 들여다보고 있었다. 길가에 쪼그려 앉아 있으니 눈길이 가는 건 당연했다.

너를 잃어버린 줄 알았다. (하노이의 타 히엔, 일명 맥주거리라고 불리는 야시장에는 북적이는 인파만큼 알전구가 많았다.

알전구가 인상에 남은 까닭은 내가 가장자리를 따라 걸었기 때문이다. 일대는 축제 분위기로 소란스러웠다…….

상가 뒤쪽은 실외기 팬이 회전하고 있었다. 더운 바람이 불었다.

나는 알전구를 무슨 과자 부스러기쯤으로 여기며 따라 걸었다.)

너만 바라봤는데 네가 어떻게 사라질 수 있지? 정전된 듯이 눈앞이 캄캄했다. 삽시간에 말이다. 네가 자취를 감췄을 때 나는 인파 속에 떠밀려 길을 헤맸다.

빛을 향해 나아가겠다는 의지 하나만 갖고 넘어지지 않으려 애썼다. 홀린 듯 움직였다. (시간에 발이라도 달린 것처럼 밤이 되었다. 거리 곳곳에 불이 들어왔다. 밤하늘 높이 연등과 헬륨 풍선이 걸려 있었다.)

…….

전에 보이지 않던 것들이었다. 나는 너의 눈이 되었다.

PIN
037

미끄러짐

오은경
에세이

미끄러짐

1

청탁받은 에세이의 주제는 대중 스타였다. 스타라는 단어 때문에 연예인에 한정하지 않고 대상을 선정해보았다. 사실 단 한 사람을 떠올렸는데 바로 김다울이었다. 김다울은 모델이다. 고등학생 때 그녀를 좋아했다. 나는 자주 그녀의 미니홈피나 블로그에 들러 업로드된 게시물을 구경했다. 그녀는 모델 일 외에도 다방면에 재능이 많았다. 꿈을 소재로

한 그림이나 가치관이 확고한 글, 여러 영상으로 자신의 일상을 기록하고 사람들과 공유했다. SNS 덕분에 그녀의 여러 모습과 교감하고 좋아할 수 있었다. 10대 시절 내가 김다울에게 받은 영향은 적지 않았다. 김다울처럼 기니피그 두 마리를 키웠으며 그녀가 즐겨 듣는 음악*을 따라 들었다. 나만이 그녀를 알고 있다는 점에서 분명 일방향적 관계였지만 어딘가 모르게 비현실적인 구석이 있었고 추억이 부족했다(실제로 그녀와 만난 적 없으므로 추억 같은 건 아예 없다고 봐야 맞다). 추억이 부족해서 글쓰기 어려운 걸까? 그녀에게 영향을 받아 생긴 일화들로만 30매 분량을 다 채울 수도 있었다. (이 문장을 쓰기 전까지 너무 많은 분량을 지웠다. 지운 내용은 다음과 같다; 이어질 글이 지운 내용의 흔적이다, 내 글에는 재미와 윤리가 부족하다……. 책임지기 어려운 말과 생각이었다.) 반복되는 실수

* New Order라는 영국밴드의 「The Perfect Kiss」와 양동근(YDG)의 「M&M」이 김다울의 미니홈피 BGM이었다. 김다울은 EDM과 힙합 장르를 좋아했던 것 같다.

와 시행착오를 겪으며 내 글의 궁극적인 문제점을 알게 되었다. 모두 개요를 미리 정해두지 않고 시작한 데서 생겨난 결과였다. 글이 자꾸 이상한 방향으로 휘어졌다. 그렇다면 반문해보겠다. 반복되는 실수(지금도 마찬가지인)에도 왜 개요를 미리 정해두지 않는 걸까? 본인이 알고 있다면 실수를 언제까지 반복할 작정일까? 나는 갑자기 여기에 대한 변명을 하고 싶다.

① 좋아하는 대상에 대해 말하기 어렵다. 좋아하는 대상을 왜 좋아하는지 밝히기는 늘 어려웠다. 형용하기 어려울 뿐만 아니라 대상은 언제나 나와 내 머릿속을 초과한다(이론적이기만 한 생각이 아니었다). 글에 담지 못하는 부분에 대해서는 꾸며낼 수 없고 생각을 이어갈 수 없다. 무엇을 쓰고 싶은지 모르는 상태로 무엇을 말할지 정하고 싶지 않았다.

② 내가 지향하는 글쓰기는 쓰는 과정에서 개요를 만들어간다. 나는 글이 완성된 다음에도 개요는 얼마든지 말해질 수 있다고 생각한다.

다시 반복해보겠다. ① 좋아하는 것을 말하고 제

대로 전달하기 위해서는 본인이 무엇을 좋아하는지 말해야만 한다. 좋아하는 것을 말하기 위해 좋아하지 않는 것을 예로 들 수는 없다. 좋아하지 않는 것과 좋아하는 것은 서로 아무런 관계가 없기 때문이다. 좋아하는 것에 대해 말하고자 한다면 좋아하는 것을 말하든 좋아하는 대상에 대해 말하든 둘 중 하나를 선택해야 한다. 대상에 대해 말하려 한다면 대상에 대해 말해야 한다. 그러나 나는 김다울을 한 번도 실제로 보거나 만난 적이 없다. 결국 나는 김다울에게 영향을 받은 내 이야기를 할 수밖에 없는데 과연 학창 시절 내가 김다울과 비슷한 옷차림을 입었던 기억에 대해 꼭 말해야만 할까? 그보다는 김다울을 좋아하는 내가 어떤 사람인지 내가 어떤 사람이어서 김다울을 좋아할 수밖에 없었는지를 밝힐 수도 있지 않을까? 하지만 나는 나라서 내가 어떤 사람인지 말하기는 대상에 대해 말하기보다 어렵다. 내가 좋아하는 대상들 사이에는 공통점이 있다. 그들은 나와 어느 정도 닮아 있는데 꼭 내가 그들을 따라 해서만은 아니며 기질에서 유사한 점이 있는 것 같다. 내가 그들을 좋아했던 본질적 이유는 그들의 어떤 면모에서 나와 닮은 점을 발견했다고도 할 수 있겠다.

② 개요 없이 글쓰기가 과연 가능할까? 개요가 없어도 쓸 수 있다는 말의 뜻에는 앞의 문장이나 맥락 등을 고려해 다음 문장을 이어나가겠다는 의미가 내포되어 있다. 그러나 문장이란 우연히 즉흥적으로 생성되곤 한다. 하나의 문장만으로는 불확실하고 불안하다. 전체를 보지 않고 부분만 보는 방식의 글쓰기는 자칫 무모해 보일 수 있다. 특히 무엇을 말하면 좋을지 모를 상태①에서 ②개요를 정하지 않고 쓰려는 시도는 이 글 자체가 목적이 불분명하다는 것을 방증한다. 나는 김다울에 대해 대부분을 모른다고 할 수 있다. 그녀가 어떤 화보를 찍었고 무대에 섰으며 그림과 글쓰기를 작업했는지와 무관하게(언제든 검색하면 찾을 수 있는 정보 말고) 김다울이 드러내지 않은 면에 대해서는 조금도 알지 못한다. 김다울이라는 앵글을 거쳐서만 김다울을 접했지 김다울 본인도 자각하지 못하는 부분에 대해서는 전혀 모르고 있다.

2

내 시에는 바라보는 장면이 많다. 특히 시 「너의 뒤에서」는 바라봄에 대한 인식이 직접적으로 등장한다. 화자는 네가 앉아 있는 모습과 너의 위치에서 보임 직한 것들을 눈에 담는다. "전에 보이지 않던 것들이었다. 나는 너의 눈이 되었다"고 발화한다. 함께 있을 때조차 두 존재는 서로 조금 비켜 있고 다른 곳을 본다. 어긋나 있는 상태이다. 하지만 상대의 시선과 나의 시선이 포개지는 순간, 현재는 "미래에도 가능할 풍경"** 으로 여겨진다. 언제든 지금 이 순간을 다시 기억할 수 있고 그 사실을 알아차린다.

몇 년 전 다큐멘터리 영화 「맥퀸」(2018)을 보다가 김다울이 출연하는 장면에서 새삼 놀랐던 기억이 있다. 「라 담 블루」(La Dame Bleue, 2008년, S/S) 컬렉션 영상이었는데 김다울의 블로그에 올라

** "미래에도 변하지 않을 풍경이겠구나", 「케이지」

왔던 사진을 봐서 알고 있던 무대였다. 맥퀸의 전기를 다룬 다큐에서 김다울의 모습은 낯설기만 했다. 영상과 사진의 차이라기보다는 관점의 차이에 가까웠는데 갑작스러운 김다울의 출연에 놀라기도 했고 또 세계가 확장되는 듯한 느낌을 받았다. 어느 한 시기에 열렬히 좋아하던 김다울의 등장이 영화를 보는 내 시간과 충돌하고 맥퀸의 세계에 개입해 들어온 듯했다. 맥퀸에게 포커스가 맞추어진 영화였다. 특히 영상 속 김다울이 나온 「라 담 블루」는 의미가 좀 달랐다. 맥퀸의 친구이자 후원자인 이사벨라 블로우의 죽음을 추모하고 그녀에게 헌정하기 위한 무대였기 때문이다. 김다울은 내가 알던 모습 그대로 원형의 고리가 회오리처럼 솟아오른 패턴의 모자를 쓰고 있었다. 「맥퀸」을 관람하기 전 이 무대에 선 김다울을 보았을 당시만 해도 나는 놀라지 않았다. 수십 개의 무대 중 하나로 여기고 무심하게 스크롤을 넘겼을 뿐이다. 나는 알렉산더 맥퀸이라는 디자이너를 김다울로 인해 더 좋아하게 되었다. 모두 우연이고 또 미리 예정되어 있던 일이었지만(김다울이 맥퀸의 쇼에 선 것은 영화를 보기 몇 년 전부터 알고 있었으므로). 맥퀸은 생전 인터뷰에서 이런 말을 했다. 맥퀸이라는 브랜드는 자전적인 메시지를 지니고 있으므로 내밀해서 아무도 이어받을 수 없을 거라고. 지금은 알렉산더 맥퀸과 김다울 모두 세상을 떠났다. 내가 스무 살이 채 되기도 전이었다. 그들은 나에게도 그리고 많은 사람들에게도 잊히지 않은 채로 2000년대를 대표하는 상징이 되었다. 나는 2000년대가 좋고 이상한 향수를 느낀다.

연인에게 나를 얼마나 사랑하냐고 물은 적 있다. 어떤 점이 좋은지 물은 적도 있다. 반대로 연인이 나에게 되묻기도 했다. 누구 하나 제대로 된 대답을 하지 못했다. 질문을 하는 순간에도 대답에 대한 기대가 없었다. 사랑이나 우정 같은 관념은 상대도 나도 잘 이해하지 못한다. 마음을 다 표현하기 어렵다. 대답할 수는 있지만(대답은 늘 꼭 했다) 대답하는 사람도 묻는 사람도 상대의 마음이 변하지는 않았는지 확인하고 싶을 뿐이다.

시를 처음 쓰기 시작한 순간부터 문장 쓰기의 기본은 묘사라고 배웠다. 시에만 국한된 건 아닐 것이다. 소설에서도 역시 문장은 묘사를 기초로 한다. 묘사는 말하기와 달리 보여준다. 보여줌으로써 대상의 존재를 다시금 환기한다. 묘사를 통해 생각하기를 그만둘 수도 있다. 인간적인 생각에서 벗어나 사물의 세계로 들어가는 것이다. 현실 세계와 시 속 세계는 분리된다. 다른 세계로 진입하는 과정은 내게 시 쓰기를 위해 거쳐야 하는 예열 단계에 해당한다. 시 쓰는 순간을 복기해본다. 책상 앞이든 몇 날 며칠이 걸렸든 전부 과거가 되었다. 나는 대개 화자와 나를 분리해서 생각하는 편이다. 시 쓰던 당시의 내 모습도 현재(빠르게 과거로 소급되고 있는) 내게는 신비롭다. 글을 쓰던 나보다 시 속 화자가 더 진짜 내 모습에 가까운 것 같다. 글을 쓰던 나는 유령처럼 존재감이 희미하다. 글을 쓰려면 아무 액션도 미동도 없이 앉아 있어야 하는데(물론 서 있는 자세로도 글쓰기는 가능하며 길을 걷다가 심지어 목소리로 녹음해서 글을 쓸 수도 있지만 아직 시도해보지 않았다) 시

속에는 추억이 있고 시간이 있다. 어쩌면 시에서 빚어내는 환상이란 시의 존재됨이 아니었을까? 시가 현실 세계를 압도할 때 끝까지 이것이 시라는 사실을 잊지 않게끔 만드는 역할을 환상이 맡아준 것 같다.

글을 쓰는 나는 현실 세계와 시의 경계에서 일종의 가교 역할을 한다. 나는 화자와 가까우면서도 가깝지 않고 닮았으면서도 닮지 않았다. 시에서 대상을 '바라보는' 화자에게 대상이 다다를 수 없는 심연이듯 글을 쓰는 나에게도 화자는 통제할 수 있는 영역 바깥에 있다. 또한 대상처럼 바라만 보고 저절로 움직이기를 바란다는 점에서 화자는 대상일 수 있다. 나는 시를 쓸 때 대상의 마음을 읽고(가능한 것처럼 상상해) 대상의 마음이 된다. 이렇게 만들어낸 화자와 대상 모두 별 의미가 없다고 봐도 무방하다. 화자는 나의 눈을 빌려 대상을 보고 세상을 본다. 제멋대로 해석하고 읊조린다. 나는 얼마나 화자와 가까우면서도 또 화자가 아닐까? 보다 중요한 것은 화자와 나의 분리이면서 분리로 인해 생겨난 여러 가능성들이다.

3

나는 오늘 김다울에 대해 상상해보고 싶다. 그녀가 걸었을 복잡한 도시와 도로 위의 크고 작은 차들, 따스한 햇빛과 바람, 카페와 공원에서의 한가로운 시간 같은 것을 떠올린다. 작은 에스프레소 잔이 철제 테이블 위에 놓여 있고 깨끗이 비워진 접시와 나이프 같은 것이 보인다. 빠르게 스쳐 지나갔을 일상의 풍경은 그때나 지금이나 어디에든 있다. 우리는 모두 텅 빈 표정으로 아무 생각도 없이(마치 잠을 잘 때 그 시간을 기억하지 못하는 것처럼) 시간을 보낼 때가 있다. 내가 가장 좋아하는 시간이고 잃어버린 시간이다.

상상에는 제약이 없다. 상상이 가능하다면 사람들은 모든 서사를 동원해서 이야기를 만들어낼 수 있지만 내가 좋아하는 상상은 그런 종류가 아니다. 나에게는 모두가 익명의 얼굴로 물질의 물질성을 체험하는 시간이 중요하고 언제든 다시 경험할 수 있는 가능성만이 상상이고 그러한 것 같다.

이 글을 쓰면서 내내 떠올렸던 풍경이 있다. 사실 풍경이라기보다는 가보지 못한 가게이며 가게가 서 있을 위치에 가깝다. 가게의 정체는 한식당이고 내가 오래 다녔던 피렌체의 어느 골목에 있다. 피렌체에 약 보름간 머물 때 구글 맵으로 주변 식당을 검색했던 적이 있다. 다양한 메뉴와 각종 식당을 찾을 수 있었는데 특히 한식당 한 곳이 기억에 남는다. 무수한 식당 중 하나였고 가게명은 궁이었던 것 같다(이 글을 쓰며 검색해봤다). 그날 선택한 가게와 먹었던 메뉴는 기억나지 않는다. 피렌체에서 나는 매일 같이 산책을 나가(주로 목적 없이 외출했다) 사람이 많은 두오모성당 쪽 말고 베키오다리를 건너 미켈란젤로언덕을 걸었다. 자주 가던 카페 한 곳***이 있었다. 카페에서 책을 읽고 뭔가를 썼다. 오가는 길에는 늘 한 손에 젤라또를 쥐었다. 친한 언니가 피렌체에서 가죽 공예를 배우러 학교에 다녔는데 언니의 집에 머물렀다. 언니가 귀가하는 시간에 맞추어 나는

*** Ditta Artigianale caffe 2호점

왔던 길을 되돌아갔다. 집 근처 코나드에서 그날 먹을 식자재를 구입했다. 피렌체는 방범이 좋지 않았고 언니는 늘 몇 개의 열쇠를 소중히 간직했다. 아치형 대문****을 지나면 언니의 집이 나왔다. 언니는 오래되고 낡은 건물에 살았다. 건물만 놓고 보면(물론 따로 떼어놓고 볼 수 없지만) 다른 건물과 구분이 되지 않아 그 집을 찾을 수 없을 것이다. 나는 늘 거리상의 위치(익숙한 거리가 된)로 목적지를 발견했다. 건물 내부는 나선형의 계단이 에워싸고 있었다. 언니의 집은 3층이었다. 나는 이따금 말없이 계단을 올려다보거나 내려다보았다. 갑자기 이런 문장을 쓰는데 내가 분명 가보았던 그 장소에 다시는 가지 못할 것 같고 막연한 그리움이 밀려든다. 지금 내게는 그 집의 열쇠가 없기 때문이다.

**** Porta al Prato

산책 소설

지은이 오은경
펴낸이 김영정

초판 1쇄 펴낸날 2021년 11월 25일

펴낸곳 (주)현대문학
등록번호 제1-452호
주소 06532 서울시 서초구 신반포로 321(잠원동, 미래엔)
전화 02-2017-0280
팩스 02-516-5433
홈페이지 www.hdmh.co.kr

ISBN 979-11-6790-075-3 04810
979-11-6790-074-6 (세트)

* 책값은 뒤표지에 있습니다.

현대문학 핀 시리즈 시인선

001	박상순	밤이, 밤이, 밤이
002	이장욱	동물입니다 무엇일까요
003	이기성	사라진 재의 아이
004	김경후	어느 새벽, 나는 리어왕이었지
005	유계영	이제는 순수를 말할 수 있을 것 같다
006	양안다	작은 미래의 책
007	김행숙	1914년
008	오 은	왼손은 마음이 아파
009	임승유	그 밖의 어떤 것
010	이 원	나는 나의 다정한 얼룩말
011	강성은	별일 없습니다 이따금 눈이 내리고요
012	김기택	울음소리만 놔두고 개는 어디로 갔나
013	이제니	있지도 않은 문장은 아름답고
014	황유원	이 왕관이 나는 마음에 드네
015	안희연	밤이라고 부르는 것들 속에는
016	김상혁	슬픔 비슷한 것은 눈물이 되지 않는 시간
017	백은선	아무도 기억하지 못하는 장면들로 만들어진 필름
018	신용목	나의 끝 거창
019	황인숙	아무 날이나 저녁때
020	박정대	불란서 고아의 지도
021	김이듬	마르지 않은 티셔츠를 입고
022	박연준	밤, 비, 뱀
023	문보영	배틀그라운드
024	정다연	내가 내 심장을 느끼게 될지도 모르니까
025	김언희	GG
026	이영광	깨끗하게 더러워지지 않는다
027	신영배	물모자를 선물할게요
028	서윤후	소소소小小小
029	임솔아	겟패킹
030	안미옥	힌트 없음
031	황성희	가차 없는 나의 촉법소녀
032	정우신	홍콩 정원
033	김 현	낮의 해변에서 혼자
034	배수연	쥐와 굴
035	이소호	불온하고 불완전한 편지
036	박소란	있다